Le Bro tout de go

Du même auteur
aux Éditions J'ai lu

LE BRO CODE
N° 9709

BARNEY
STINSON
MATT
KUHN

Le Bro tout de go

Traduit de l'anglais (États-Unis)
par Anne Bararuzunza

J'AI LU

Pour ma maison de vacances

Introduction

En direct du bureau parfaitement aseptisé de Barney Stinson

L'oncle de Spider-Man a dit un jour : « Un grand pouvoir implique de grandes responsabilités », mais ce que voulait dire en réalité ce grand philosophe, c'était plutôt : « Un grand pouvoir implique un flot incessant de questions stupides. » Depuis que j'ai offert de façon tout à fait désintéressée *Le Bro Code* à l'humanité, j'ai été submergé de lettres, d'e-mails et de textos provenant de gens des quatre coins du monde, mais surtout de France. (J'ai même été victime de cambriolages perpétrés par des admirateurs obsédés.)

Les trois choses que tout le monde veut savoir :

1. Pourquoi n'as-tu pas été nominé pour le prix Nobel ?
2. Comment quelqu'un peut-il être aussi beau, intelligent, populaire et beau ? (Le « quelqu'un » dont je parle, c'est toi, Barney Stinson.)

3. *Le Bro Code* est extrêmement drôle, instructif et disponible aux Éditions J'ai lu, mais ne propose que des instructions générales sur la façon dont je dois vivre ma vie. Que dois-je faire quand je suis au bureau, quand je vais à la plage ou quand je suis censé être au bureau mais que je suis à la plage ? Aide-moi, Barney !

Ma réponse :

1. Il m'est tout à fait impossible de me désigner moi-même pour le Nobel, ils n'ont pas arrêté de me dire que c'était contraire au règlement, mais vous, vous le pouvez[1]. Les propositions de candidats au prix Nobel de littérature arrivent à échéance le 31 janvier et doivent être envoyées à l'adresse suivante :

Comité Nobel pour la littérature
Académie de Suède
BP 2118
Sud-Est-103 13 Stockholm
Suède

2. Aucune idée, mais si tu es une bombe on pourrait en discuter chez toi un de ces jours... Même si, maintenant que j'y pense, je ne pourrai pas rester très longtemps, j'ai un truc de prévu en fin de soirée mais, ouais, pourquoi ne pas en « parler ».

---

1. Le « vous » fait référence à tout membre de l'Académie de Suède ou d'une autre académie ou société similaire dans sa structure et ses objectifs : un professeur de littérature ou de linguistique dans une université ou un établissement d'enseignement supérieur, ou un précédent lauréat du prix Nobel de littérature.

3. Du calme. Papa est rentré. La prochaine fois que vous êtes de sortie et qu'un Broblème survient, il vous suffira de plonger la main dans votre froc pour en sortir ce manuel de référence très pratique : *Le Bro tout de go*.

Cela fait des années que je souhaite compléter les règles universelles du *Bro Code* avec un manuel de poche qui rassemblerait une multitude de conseils et d'observations. Mais, pour diverses raisons, j'ai dû saborder chacune de mes tentatives précédentes : *Le Conseiller pédagogogogique*[1], *Toucher le Bro qui est en vous*[2] et plus récemment *Le Stinson de poche*[3]. Désormais, avec *Le Bro tout de go*, je peux enfin présenter les observations, la sagesse longuement mûrie et les trésors d'inspiration que j'ai développés au quotidien en étant tout simplement génial.

Vous retrouverez dans ces pages, en caractères gras, quelques règles officielles du *Bro Code*, enrichies de mes idées si uniques et ô combien magistrales. Afin d'optimiser son utilité, j'ai organisé cet ouvrage par lieux. Ainsi, un Bro qui se rendrait à l'entraînement et qui hésiterait entre un short en Lycra noir ou gris pourra se référer tout de go à l'article « Un Bro à la salle de gym » et saura ainsi que la réponse est un « ni l'un ni l'autre » catégorique. J'ai bon espoir que, utilisé de cette façon, *Le Bro Code* saura orienter la boussole de votre sens moral tandis que Le Bro tout de go vous fournira une carte pour

1. Droits du titre vendus à l'industrie des films pour adultes.
2. Droits du titre vendus à l'industrie des films pour adultes.
3. Droits du titre et biographie vendus à l'industrie des films pour adultes (en pourparlers pour jouer le rôle principal ou tout au moins pour « participer » au choix de la distribution).

mener votre barque sur le chemin de l'extrême génialité, et peut-être, oui, peut-être réussir à vous envoyer en l'air, plutôt deux fois qu'une.

Avec ces outils en main (hé), vous êtes maintenant armé pour vivre la vie d'un Bro dynamique. Alors prenez ce paquet de sagesse, roulez-le en un gros cylindre, fourrez-le dans votre poche de devant et foncez, Bro, foncez.

UN BRO À UN RENCARD

Un Bro n'est pas dans l'obligation d'ouvrir la porte à quelqu'un. Si les femmes insistent pour avoir leur propre ligue de basket-ball professionnel, il n'y a pas de raison qu'elles ne puissent pas ouvrir les portes elles-mêmes. Honnêtement, les portes ne sont pas si lourdes.

Mots à placer le plus possible
lors d'un premier rencard ?
« Digne de confiance »

Mot à placer le moins possible
lors d'un premier rencard ?
« Môman »

Le savoir-vivre impose que vous attendiez que votre rencard se rende aux toilettes avant de vérifier si la blonde là-bas est bonne à fesser.

C'est clair, le coup du pop-corn
semble être une super idée,
mais personne ne l'a jamais
vraiment essayé. C'est pourquoi
elle ne le verra pas venir.

Vous pouvez en apprendre beaucoup sur une personne lors d'un premier rencard, mais la seule façon de connaître son âge est de lui voler son permis de conduire.

Un Bro au volant

Un Bro ne doit jamais avouer
qu'il ne sait pas manier un levier
de vitesses. Même après un accident.

C'est entièrement la faute
de la voiture de devant.

Tout le truc de la « fliquette sexy avec des menottes et de la crème chantilly » arrive beaucoup plus rarement que pourrait le laisser croire l'industrie des films pour adultes.

Vous vous souvenez du moment
où vous avez payé un supplément
parce qu'il vous fallait absolument
le toit ouvrant en option ?

À une intersection, « Les Bros avant les pouffes » s'applique toujours.

(Hé. « Intersexion. »)

Entrer dans la voiture par la fenêtre
à la manière de *Shérif, fais-moi peur !*,
c'est cool. Atterrir avec le frein
à main entre les jambes l'est
beaucoup moins.

Un Bro chez lui

**Si un Bro prend un chien,
il faut au moins que ce dernier
lui arrive aux genoux une fois
qu'il aura atteint sa taille adulte.**

Chaîne pour adultes à la maison,
bonheur assuré en toute saison.

Fourrer vos parures de draps à l'intérieur de l'une des taies d'oreillers est un moyen efficace de garder votre linge rangé.

Même si cela implique de taper sur une casserole pendant les scènes de combat, un Bro se doit de faire un effort pour garantir un *home cinema*.

Un Bro
au cinéma

Si deux Bros décident de voir un film ensemble, la séance ne doit pas commencer après 16 h 40. Par ailleurs, malgré l'économie que cela implique, ils ne partageront aucun sachet de pop-corn ; chacun achètera un sachet individuel.

Si par hasard vous deviez regarder
une Gwyneth Paltrow, une Sandra
Bullock ou une Dame Judi Dench
sur grand écran pendant
les prochaines quatre-vingt-dix
minutes, rappelez-vous une chose :
Piège de cristal passe sûrement
à la télé en ce moment même.

Le placement approprié
de deux Bros :

Bro – [siège vide « on-est-seulement-Bros »] – Bro

C’est juste une intuition
mais je parie que le vice-président/
général/chef de la police qui apparaît
au début est derrière tout ça.

Peu importe si c'est un navet, NE PARTEZ PAS PENDANT UN FILM AVEC KATE WINSLET : 83 % de chance d'apercevoir ses seins, soit une probabilité bien plus grande que celle d'être nominé plusieurs fois aux Oscars.

Un Bro au club de strip-tease

Dans un scénario où au moins deux Bros regarderaient un divertissement pour adultes, un Bro ne peut en AUCUN cas, volontairement ou involontairement, toucher un autre Bro.

Ce n’est certainement pas le lieu pour
tester cette nouvelle lumière noire.

Il y a des millions de raisons pour
ne pas utiliser sa carte de crédit ici,
mais seulement deux raisons siliconées
pour lesquelles vous le ferez
quand même.

Un très bon tour à jouer :
dire au videur de deux mètres
que votre pote est en train de peloter
toutes les filles.

Quelques phrases utiles en russe :

« Bonsoir. »

« Bon sang, ce que c'est agréable de se détendre après une longue journée à l'Office de l'immigration ! »

« Tu sais, j'ai toute une boîte de cartes vertes vierges à mon appartement. »

Un Bro
à un match

Quand il porte une casquette de base-ball, un Bro doit positionner la visière soit à midi, soit à six heures. Tous les autres angles sont réservés aux rappeurs et aux handicapés.

Quand des Bros assistent à un événement sportif, s'ils sont filmés et se voient sur l'écran géant de retransmission, ils avanceront leurs lèvres et fléchiront leurs muscles pour signaler à la foule que leur équipe est numéro un, malgré tout classement objectif contraire.

Même si vous êtes tout en haut des gradins et lui au centre du terrain, eh bien, oui, le lanceur peut vous entendre crier. Plus précisément, il ne saura jamais que renoncer à ce *home run* a bel et bien fait foirer les chances de victoire de l'équipe, à moins que vous ne le lui disiez vous-même.

L'inconnu assis à côté de vous
va certainement adorer vous entendre
détailler vos exploits sportifs
du lycée.

Un Bro
à un ballet

Indisponible

Un Bro
au bureau

Un Bro n'aura pas de liaison avec une collègue[1].

1. EXCEPTIONS : La collègue est un 8/10 ou mieux ; vous êtes le supérieur de la collègue ; la collègue s'est sapée comme une salope ; se faire virer du boulot n'est pas une si mauvaise chose ; la société a récemment été poursuivie pour harcèlement sexuel, il y a peu de chance que ça se reproduise ; quelqu'un a parié que vous n'étiez pas cap' ; vous allez bientôt changer d'étage ; votre collègue et vous restez coincés dans l'ascenseur ; vous appuyez sur le bouton d'arrêt d'urgence et restez « coincés » dans l'ascenseur avec votre collègue ; votre collègue se fait virer ou le sera bientôt, après que vous avez saboté ses dossiers ; vous avez eu une liaison avec votre collègue avant que vous ne deveniez collègues ; votre collègue vous drague ; vous stagnez un peu sur le plan amoureux ; votre collègue est en plein divorce ; votre collègue est plutôt jolie ces derniers temps ; votre collègue n'a pas été choquée quand vous avez « accidentellement » envoyé par e-mail des photos provocantes de vous au bureau.

Peu importe la bonne ambiance qui règne au bureau, personne ne veut vous entendre annoncer en sortant des toilettes : « Je viens juste de lâcher une grosse bombe là-dedans. »

« J'ai mal dormi la nuit dernière » est une parade grossière mais qui a fait ses preuves pour dissimuler une sacrée gueule de bois.

Si vous faites une présentation
et que vous avez un blanc, vous
pouvez toujours scander :
« U-S-A ! U-S-A ! »

« Effacer l'historique de navigation »
sauve des emplois.

Un Bro
au centre commercial

Un Bro ne compare pas sa marchandise avec celle d'un autre Bro.

Ne vous retournez pas, ces meufs
sont effectivement des ados.

On trouve toujours le temps pour un petit tour au rayon électronique.

Traîner du côté de l'aire de jeux
des enfants pour mater de jeunes
mères sexy est une bonne idée,
en théorie seulement.

Un Bro en Bro'd trip

Si un scénario survient dans lequel un Bro a promis à deux de ses Bros le statut privilégié de passager avant, l'une des propositions suivantes déterminera qui sera le vainqueur : (1) course à pied jusqu'à la voiture ; (2) vente aux enchères par écrit ; ou, dans le cas d'une virée en voiture dépassant 700 kilomètres, (3) un combat à mort dans une cage où tous les coups sont permis.

Un Bro prévenant baisse la vitre
avant de lâcher une caisse dans
la voiture.

Quand je dis « des chips tortilla », je parle de celles à la sauce « Cool Ranch ». Tu ferais mieux de t'en souvenir parce que tu vas retourner en chercher à la prochaine station.

Si vous vous retrouvez dans le Montana, quelqu'un a forcément merdé quelque part.

Un Bro en boîte de nuit

Un Bro ne danse jamais les mains au-dessus de sa tête.

Deux Bros conserveront entre eux un rayon d'au moins un mètre de diamètre quand ils danseront sur la même piste, même s'ils rejouent le combat au couteau du clip « Beat It », ce que, je pense, deux Bros ne devraient pas faire de toute façon, ou du moins pas très souvent.

Ne soyez surtout pas
« le mec pot de colle».

C'EST VRAIMENT FORT ICI, HEIN ?

Un Bro
à la salle
de gym

Un Bro ne doit pas tourner autour du pot s'il doit se mettre à poil devant d'autres Bros dans les vestiaires d'une salle de gym.

Ne jugez pas le Bro qui demande
à une meuf de lui prêter main-forte
pour le développé couché.

Jugez plutôt le Bro qui le fait
avec une érection.

Dieu n'a pas créé le Lycra
pour les mecs.

Exception : David Lee Roth (de Van Halen) dans les années quatre-vingt. Sur lui, ça le *faisait*.

Vous blesser en essayant de soulever
plus de poids que le mec d'à côté
ne prouve rien… sauf à quel point
vous êtes génial.

Surprise ! Vous n'êtes pas le seul mec à vous être inscrit à ce cours de step pour rencontrer des meufs.

Les slips kangourou avant les boxers.

La pression sur la jambe est destinée
à exposer les mollets, les tendons
et les quadriceps,
pas votre scrotum ridé.

Soyez sympa avec toutes les femmes
dans la salle de gym car,
comme on dit :

« La meuf grosse d'aujourd'hui
est la meuf sexy de demain. »

NOTE : À moins qu'elles n'aient la gueule d'un bouledogue, auquel cas sentez-vous libre de vous conduire comme bon vous semble.

Si vous prévoyez de traîner au sauna
jusqu'à ce que quelqu'un d'autre
qu'un gros Européen de l'Est n'entre,
alors, les gars, j'espère que vous
aimez les coups de chaleur.

Un Bro à une fête médiévale

?

Un Bro
à la plage

Un Bro ne porte jamais
de chaussettes avec des sandales.
Il s'engage à respecter
un accoutrement pédestre cohérent
et s'y tient.

**Une plage « semi-nudiste»
n'a pas vraiment la signification
« semi-nudiste » pour des Bros.**

Les gens ont peur des requins
mais, dans le fond, ne sont-ils pas
simplement les Bros de l'océan ?

Mater un haut de bikini ne le fera pas se décrocher pour autant.

Un Bro à l'armée

Un Bro aime son pays à moins que son pays ne soit les États-Unis.

Si un citoyen très content de sa petite
personne vous rappelle qu'il a payé
pour votre éducation, il n'y a aucun
mal à lui montrer toute l'étendue
de votre savoir en lui donnant
un coup de pied dans les boules.

« Ne rien dire, ne rien demander »
s'applique également aux pets.

Si vous êtes à New York pour
la Semaine de la Marine et que,
par hasard, vous me voyez en train
de draguer une poulette dans mon
uniforme de marin de location, mieux
vaut garder ça entre nous, d'acc' ?

Un Bro dans l'espace

Dans une atmosphère où règne une micropesanteur, on n'attend pas toujours qu'un Bro fasse une faveur à un autre Bro en laissant ledit Bro passer en premier. Par exemple, si un Bro avait la chance d'être le premier Bro à marcher sur la Lune et dirait un truc du genre : « Non, vas-y, Bro, à toi l'honneur », ce serait tout simplement stupide, Bro.

Restez sur vos gardes.

Votre ordinateur de bord peut être votre Bro robot. Mais il se peut également qu'il essaie de vous tuer.

Ast-BRO-naute.

Hein ? Hein ?!

UN BRO DANS LA SALLE DE BAINS

Même en période de sécheresse, un Bro tire la chasse d'eau deux fois.

Une heure passée à tailler un collier
de barbe est une heure perdue
à jamais.

Vous saurez que vous avez trouvé
votre « lecture des cabinets » quand
vous sentirez des fourmis
dans les jambes.

Le monde serait beaucoup
plus hygiénique s'ils fabriquaient
des savons en forme de nichons.

NOTE : Ne me piquez pas mon idée du savon-en-forme-de-nichons. Je vais en faire quelque chose.

Un Bro en soirée

Un Bro se pointe à la fête d'un autre Bro avec au moins une unité d'alcool en plus de ce qu'il compte boire. Donc si un Bro a l'intention de descendre un pack de six, il apportera une canette de bière en plus d'un pack de six. Si la fête est pourrie et/ou qu'il y a trop de mecs, le Bro a le droit de repartir avec son alcool, même si la bienséance veut qu'il attende un moment où personne ne regarde dans sa direction.

Restez calme, éloignez-vous lentement et personne ne saura que c'est vous qui l'avez cassé.

Si vous êtes en train de draguer
une meuf et qu'elle mentionne
son chat plus de trois fois, arrêtez
les frais et barrez-vous de là.

Un Bro
dans un bar

S'il a le choix concernant la taille de la boisson quand il commande une bière avec ses Bros, un Bro choisit toujours la plus grande taille disponible ou il en entendra parler toute la soirée.

Si vous ouvriez un bar, il serait beaucoup plus cool que celui-ci.

Peu importe le montant
du pourboire, il ne se passera rien
avec cette barmaid sexy.

Si vous aimez vraiment un bar,
ne soyez pas là quand les lumières
s'allumeront avant la fermeture.
Vous ne pourriez plus jamais y retourner.

Si vous pouvez lire ceci, alors vous êtes beaucoup trop sobre pour les fléchettes, le karaoké et pour cette femme là-bas dont les sourcils font un « tape-m'en-cinq » au milieu du visage.

Un Bro avec sa fiancée à un cours de cuisine thaï

Sérieux ?

Table

9856

Composition
FACOMPO

Achevé d'imprimer en France (Malesherbes)
par MAURY-IMPRIMEUR
le 21 décembre 2012.

1er dépôt légal dans la collection : février 2012
EAN 9782290034019
N° d'impression : 178590

ÉDITIONS J'AI LU
87, quai Panhard-et-Levassor, 75013 Paris

Diffusion France et étranger : Flammarion